2. Guerriers des ténèbres

Korrigans

Scénario

Thomas Mosdi

Dessin et couleurs

Civiello

DELCOURT

Pour maman, ma chère Hélène et pour "Razelle p'tite botte"
sans qui l'album aurait été bien dur à finir !
Un spécial merci à José et ses olives/coca d'un grand réconfort.
Man.

Dans la même série :
Tome 1 : Les Enfants de la nuit
Tome 2 : Guerriers des ténèbres
Tome 3 : Le Peuple de Dana
Tome 4 : Le Seigneur du chaos

Du même dessinateur, chez le même éditeur :
- La Graine de folie (quatre volumes et hors-série)
- Humphrey Dumbar le croquemitaine

Du même scénariste, chez le même éditeur :
- Felicidad (deux volumes) - dessin de Froissard
- Serpenters (un volume) - dessin de F. Martin
- Sheewōwkees (deux volumes) - dessin de Brazao
- Zone mortelle (deux volumes) - dessin de Vogel

La première édition de cet ouvrage comprend un cahier supplémentaire de huit pages.

Dépôt légal : janvier 2004. I.S.B.N. : 978-2-84789-097-6

Lettrage-: Jean-Marc Mayer
Conception graphique : Trait pour Trait

Achevé d'imprimer en avril 2008
sur les presses de l'imprimerie Lesaffre, à Tournai, Belgique

www.editions-delcourt.fr

l'Autre-Monde, île des cruels Formoîrés, royaume du chaos et des ténèbres ...

ET SI TU NOUS DISAIS OÙ TU NOUS CONDUIS DE SI BON TRAIN !
CAR JE N'AI RIEN DEVINÉ DE TON PLAN, TU SAIS, TOUT À L'HEURE, LORSQUE TU EN AS PARLÉ DEVANT LE CLAN, MÊME SI J'AI LAISSÉ CROIRE LE CONTRAIRE ! ...
... CECI AVOUÉ, VU LE CHEMIN QUE NOUS SUIVONS, J'AI BIEN MA PETITE IDÉE À CE SUJET, MAINTENANT. MAIS S'IL S'AGIT DE CE QUE JE PENSE, JE TE LE DIS TOUT DE SUITE, NE COMPTE PAS SUR MOI POUR ME JETER AU-DEVANT D'UNE MORT AUSSI AFFREUSE QUE CERTAINE !
OH QUE SI, JE COMPTE SUR TOI !
ET DRÔLEMENT EN PLUS ! VU QUE NOUS ALLONS BEL ET BIEN LÀ OÙ TU SUBODORES QUE NOUS ALLONS !
HÉ ! CELA NE VOUS GÊNERAIT PAS D'ÊTRE UN PEU PLUS CLAIR ?!
EH BIEN... !!
!!
QUOI ? J'AI DIT QUELQUE CHOSE DE BÊTE ?!
NON... CE N'EST PAS ÇA DU TOUT...
LUAINE, RESTE OÙ TU ES... RETOURNE-TOI DOUCEMENT ET REGARDE EN L'AIR...
!!
MW. 01. 2003.
2.

QU'EST-CE QUE C'EST ENCORE QUE ÇA ?!
C'EST LE BRUIT DES SABOTS D'UN CHEVAL LANCÉ AU GALOP!!
J'ENTENDS BIEN QU'IL S'AGIT D'UN CHEVAL! LA QUESTION EST DE SAVOIR QUI PEUT BIEN AVOIR UN CHEVAL SUR CETTE ÎLE?!
OH NOONN!!
J'AI BIEN PEUR QUE SI, HÉLAS!!
LUAINE! IL FAUT FILER D'ICI TOUT DE SUITE!
QUE SE PASSE-T-IL?! ...
... QUI ARRIVE ?!
VIENS VITE! NOUS PARLERONS DE ÇA PLUS TARD!!
3

YAAAHHH!
FUYONS DANS LES SOUS-BOIS!!
AAAAH!
OUTCH!
QUI ES-TU?!...
...MONTRE-TOI SOUS TA VÉRITABLE APPARENCE!!
4.

RRRRR... S'IL N'Y A...
...QUE CELA...
...POUR...
...TE FAIRE...
...PLAISIR...
TU NE CROIS PAS QUE NOUS DEVRIONS EN PROFITER POUR METTRE LE PLUS DE DISTANCE POSSIBLE ENTRE NOUS ET CE... CE MONSTRE?!
IL CHERCHE SÛREMENT LUAINE!!
...ME VOICI!!
ATTENDONS UN PEU DE VOIR CE QUI VA SE PASSER! CETTE GUERRIÈRE POURRAIT PEUT-ÊTRE NOUS AIDER QUI SAIT?
VOUS LA CONNAISSEZ ?!
ABSO-LUMENT PAS!
MEDH MAEB? TIENS TIENS! TU ES ENCORE LÀ! EN VOILÀ UNE SURPRISE!

AAAAARRRRHH!
CREEE
!!
6.

ASTUR EST MORT, PÈRE !!
JE SAIS ! QUI A OSÉ ?!
JE N'EN AI RIEN PERÇU ...
TROUVE SON MEURTRIER !
TUE-LE !!
CRRREEEE
ENSUITE, RAMÈNE-MOI LA FILLETTE !
ALLEZ, PETITES GENS ! SORTEZ DES TAILLIS ! JE SAIS QUE VOUS ÊTES LÀ !
VENEZ M'EXPLIQUER CE QUE VOUS FAITES ICI EN COMPAGNIE D'UNE JEUNE HUMAINE !
VENEZ ! VOUS N'AVEZ RIEN À CRAINDRE DE MOI !
7.

ENTREZ VITE, JE VOUS EN PRIE!!
AAA
IL EST LÀ! VOYEZ SON VISAGE, C'EST HORRIBLE!
8.

J'AI MAAAL... ARRRHHH...
AARGH...
COMMENT EST-CE ARRIVÉ ?
IL Y A EU UNE BAGARRE ! ON L'A FRAPPÉ AVEC UNE TORCHE !!
JE VOUS EN SUPPLIE, FAITES QUELQUE CHOSE ! NE LE LAISSEZ PAS SOUFFRIR COMME ÇA !!
CALME-TOI. JE VAIS TE GUÉRIR...
TA FILLE EST MAGICIENNE !!
NON...
...MORANN N'EST PAS MAGICIENNE... ELLE A LE DON DE GUÉRIR... C'EST TOUT... SA MÈRE L'AVAIT AUSSI...

TURMAC ! ASTUR EST MORT !
JE L'AI RESSENTI, PÈRE ! CEUX QUI LUI ONT ÔTÉ LA VIE PÉRIRONT DANS D'ATROCES SOUFFRANCES !
...J'EN FAIS LE SERMENT !!
PLUS TARD ! POUR L'INSTANT, RAMÈNE-MOI LA PROTÉGÉE DES KORRIGANS !
JE LA VEUX !
SURTOUT NE T'AVISE PAS DE REVENIR SANS ELLE !
REGARDEZ !! LA BÊTE DES TÉNÈBRES !!
IL SERA FAIT SELON TA VOLONTÉ, PÈRE !
YAARRHH !!
DISPERSEZ-VOUS !! TROUVEZ UN ABRI !!
10.

LÀ, MA REINE! PAR CETTE GROTTE...
...NOUS POURRONS REJOINDRE LES GALERIES DE NOS MINES!
TRÈS BIEN! ALLONS-Y!
PAR ICI, KORRI-GANS! SUIVEZ-NOUS!!

?!
REVOILÀ LA BÊTE!!
QUE LUG NOUS PROTÈGE !!
WOOOSSH
LES KORRIGANS ONT TROUVÉ REFUGE DANS UNE CAVERNE, PÈRE!
JE VAIS DEVOIR...

...METTRE PIED À TERRE POUR POUVOIR LES SUIVRE !
IL ME FAUT L'HUMAINE ! RIEN D'AUTRE NE COMPTE ! ...
... RÉCUPÈRE-LA !!
TRÈS BIEN ! TU AURAS CETTE FEMME ! D'AILLEURS, JE VIENS DE PENSER AU MOYEN D'Y PARVENIR SANS COUP FÉRIR !
CEUX QUE NOUS LAISSONS DERRIÈRE NOUS SONT MORTS !
NE VOUS ARRÊTEZ PAS ! NOUS NE SOMMES PAS EN SÛRETÉ ICI ! NOUS DEVONS CONTINUER !!
NOS MINES SONT-ELLES LOIN, FINEGAS ? UNE FOIS ATTEINTES, NOUS AURIONS DE BONNES CHANCES D'ÉCHAPPER AUX GRIFFES DE BALOR ET DE SES TÉNÉBREUX FILS !
C'EST UN CHEMIN QUE NOUS N'EMPRUNTONS PLUS DEPUIS FORT LONGTEMPS, MA REINE ! TOUTEFOIS, POUR CE QUE J'EN SAIS, NOUS N'EN SOMMES PAS TROP ÉLOIGNÉS !
INUTILE DE FUIR, MISÉRABLE VERMINE ! ...
... OÙ QUE VOUS ALLIEZ, VOUS NE POURREZ PAS "LUI" ÉCHAPPER !!

...ET C'EST POURQUOI NOUS SOMMES LÀ!
VOILÀ UNE BIEN TRISTE HISTOIRE, EN VÉRITÉ! MAIS CELA NE ME DIT PAS VOS INTENTIONS À VENIR!
EH BIEN... C'EST-À-DIRE QUE... ?!
FAITES SILENCE!
14.

IL EST UNE CHOSE ...
...QUE JE DÉTESTE ENTRE TOUTES !...
HEEERK!!
...C'EST QUE L'ON M'ESPIONNE !!
QUE MA FLÈCHE ARRACHE CE MAUDIT JOYAU DE TON CRÂNE, STAGAR !!...
AAAA
...ET PUISSES-TU EN CREVER À PETIT FEU !!
AAARRHHHH!!
AAAHHH!!
STAGAR! QU'Y A-T-IL ?!
RÉPONDS! C'EST UN ORDRE !!

SI VOUS SOUHAITEZ ME FAIRE D'AUTRES CONFIDENCES, VOUS DEVEZ VOUS DÉPÊCHER !
CHAQUE BATTEMENT DE COEUR COMPTE DÉSORMAIS !
TRÈS BIEN. NOUS NOUS RENDONS AU CAMPEMENT DES FORMOÏRÉS AFIN D'EMBARQUER SECRÈTEMENT SUR UN DE LEURS NAVIRES ! ...
...CECI AVEC L'ESPOIR DE JOINDRE, D'UNE MANIÈRE OU D'UNE AUTRE, LES TUATHA DE DANANN !
D'UNE MANIÈRE OU D'UNE AUTRE ??
AVANT CELA... NOUS ALLONS QUÉRIR DE LA LIQUEUR D'INVISIBILITÉ AUPRÈS DE FERG, LA FÉE DESTRUCTRICE DE LA SOURCE NOIRE !
BEN TIENS ! NOUS POURRIONS AUSSI COMBATTRE LE MONSTRE DU LAC LES MAINS ATTACHÉES DANS LE DOS PENDANT QUE NOUS Y SOMMES !
CE NE SERAIT PAS PLUS DIFFICILE !!
POURRIEZ-VOUS NOUS AIDER, MADAME ? POURRIEZ-VOUS VENIR AVEC NOUS ?

NON, PETITE, JE REGRETTE, J'AI MA PROPRE QUÊTE À MENER!
TUER CET AFFREUX CAVALIER EN FAISAIT PARTIE, N'EST-CE PAS?
DE FAIT... AVEC SA MORT, ELLE A COMMENCÉ DE S'ACCOMPLIR!
JE VAIS VOUS FAIRE UN AVEU! ASTUR ÉTAIT MON DEMI-FRÈRE!
COM... COMMENT ?!
!!
JE SUIS LA FILLE DE BALOR ET D'UNE NOBLE TUATHA DE DANANN DU NOM DE "TALOM"!
SI LA CHANCE VOUS EST DONNÉE DE RENCONTRER MA MÈRE, DITES-LUI QUE VOUS AVEZ CROISÉ MA ROUTE!...
...DITES-LUI QUE JE REGRETTE TOUT LE MAL QUE JE LUI AI FAIT!...
...DITES-LUI QUE JE L'AIME!
MAINTENANT, PARTEZ! VOUS ÊTES EN DANGER!!
17.

ALLEZ! ALLEZ! ENCORE UN PETIT EFF...?!
?!
RÉVEILLE-TOI, YAROK! SURGIS DES ENTRAILLES DE LA TERRE! ...
...TURMAC, FILS DE BALOR, MAÎTRE DU CHAOS ET DES TÉNÈBRES, TE L'ORDONNE!!
QUE NUADA AIRGETHAM NOUS VIENNE EN AIDE!
!!
!!
PAR LUG, QUE SE PASSE-T-IL ?!
LA MORT EST SUR NOUS!! ...
BBBROOOOOMM

...LE FILS DE BALOR A INVOQUÉ LE SEIGNEUR DU MONDE SOUTERRAIN EN PERSONNE !!
FUXOOONNS !!
NOOOONN !! RESTEZ GROUPÉS ! C'EST NOTRE SEULE CHANCE !!
SI NOUS NE FORMONS PAS UN FRONT UNI, NOUS PÉRIRONS !! ...
...JUSQU'AU DERNIER !
19

AAAAHHHHSSSSHHHAAAA!
KRAK!

HHAAAA
VAAAH
À MORT!!
AAARR
À MORT, LA BÊTE!!
AAARR
IIAAARRR
KRAAAA
FRASH

IL EST ARRIVÉ UN GRAND MALHEUR!
OUI. JE L'AI RESSENTI MOI AUSSI!
QUEL GRAND MALHEUR ?!
IMPOSSIBLE DE LE SAVOIR AVEC EXACTITUDE!
IMPOSSIBLE, EN EFFET. ALORS, INUTILE DE NOUS TORTURER L'ESPRIT. NOUS AVONS ENCORE BEAUCOUP À FAIRE!
À CE PROPOS, LA SOURCE NOIRE EST JUSTE LÀ!
NOUS DEVONS ABSOLUMENT CONVAINCRE FERG DE NOUS AIDER ...
... ET CONNAISSANT SA RÉPUTATION, IL VA FALLOIR JOUER SERRÉ!
BLOUP
BLOUP
BLOP

NOBLE FÉE, VEUILLEZ ACCEPTER NOS SALUTATIONS LES PLUS RESPECTUEUSES!
PERMETTEZ-NOUS AUSSI D'ALLER DROIT AU BUT CAR LE TEMPS JOUE CONTRE NOUS!
NOUS SOMMES VENUS À VOTRE AGRÉABLE RENCONTRE AFIN D'OBTENIR DE LA LIQUEUR D'INVISIBILITÉ!
DE LA LIQUEUR D'INVISIBILITÉ, VOYEZ-VOUS ÇA! ET POURQUOI DONC?
CE SERAIT BEAUCOUP TROP LONG À EXPLIQUER, JE REGRETTE!
EN FAIT, PEU IMPORTE, CAR VOUS TOMBEZ À PIC. J'AI MOI-MÊME BESOIN QUE L'ON ME RENDE UN "MENU SERVICE"!
JE VOUS DONNERAI LA LIQUEUR LORSQUE VOUS AUREZ EMPOISONNÉ L'EAU D'UN VILLAGE D'OGRES DONT JE SOUHAITE ARDEMMENT ME VENGER! CE N'EST PAS LOIN D'ICI, JE VAIS VOUS INDIQUER OÙ...
INUTILE! AINSI QUE JE VOUS LE PRÉCISAIS IL Y A UN INSTANT, LE TEMPS PRESSE!
NOUS NE POUVONS PAS ALLER EMPOISONNER CETTE EAU POUR VOUS!
PARDON ?!
23.

EN FAIT, VOUS POURRIEZ NOUS OFFRIR LA LIQUEUR D'INVISIBILITÉ EN REMERCIEMENT DES NOMBREUX "MENUS SERVICES" QUE NOTRE CLAN VOUS A DÉJÀ RENDUS!
BIEN PARLÉ!
TU NE MANQUES PAS DE TOUPET, AFFREUX PETIT GNOME! MALHEUREUSEMENT POUR TOI, IL SERA FAIT COMME JE L'AI DIT!
PAS D'EMPOISONNEMENT, PAS DE LIQUEUR MAGIQUE!
VOUS NE VOULEZ VRAIMENT PAS NOUS LA DONNER?
NON! VRAIMENT PAS!
BON! DANS CE CAS, JE SUIS SÛR QUE TOUS LES OGRES DE LA RÉGION SERONT ENCHANTÉS DE CONNAÎTRE L'HUMILIANT SECRET QUE L'ON M'A CONFIÉ À VOTRE SUJET!
TU BLUFFES! TU NE SAIS RIEN DU TOUT!
OH QUE SI! ET JE VAIS DE CE PAS VOUS LE PROUVER!
EH BIEN, QU'ATTENDS-TU? PARLE! JE SUIS CURIEUSE DE T'ENTENDRE!!
CE QUE J'AI À VOUS DIRE CHOQUERA À N'EN POINT DOUTER L'INNOCENTE PETITE FILLE QUI NOUS ACCOMPAGNE, MON COMPÈRE ET MOI-MÊME!
JE PRÉFÉRERAIS ÊTRE DISCRET!
SOIT! APPROCHE! MAIS N'IMAGINE PAS POUR AUTANT TE JOUER DE MOI!...
...LES OSSEMENTS DE TOUS CEUX QUI S'Y SONT ESSAYÉS TAPISSENT LE FOND BOURBEUX DE MON ANTRE!!

!!
?!
AÏE! LÂCHE-MOI, ESPÈCE DE BRUTE!!
CERTES PAS! VOILÀ CE QUI ARRIVE LORSQUE L'ON CONTRARIE...
...UN "AFFREUX PETIT GNOME"! MAINTENANT, MADAME LA FÉE...
...DONNEZ-MOI IMMÉDIATEMENT CE QUE JE VOUS AI DEMANDÉ OU JE VOUS REFAIS UNE BEAUTÉ AVEC LA POINTE DE MON COUTEAU, LEQUEL EST PARFAITEMENT AFFÛTÉ!!
TIENS! LE VOILÀ, TON MAUDIT BREUVAGE!
PUISSE TA LANGUE SE COUVRIR DE PUSTULES SI TU TE HASARDES À L'AVALER!
VA POUR LES PUSTULES!...
...À PRÉSENT, JE VAIS M'ÉLOIGNER. N'ESSAYEZ PAS DE ME NUIRE! MON COMPAGNON SE FERAIT AUSSITÔT UN PLAISIR DE DIVULGUER LE SECRET QUE J'AI ÉVOQUÉ!
VOUS VOYEZ PRÉCISÉMENT DE QUOI JE PARLE, N'EST-CE PAS?
SSSSSS!!
25.

ÉCOUTEZ-MOI BIEN, KORRIGANS, MON PÈRE EST PRÊT À OUBLIER VOTRE TRAÎTRISE À CONDITION QUE VOUS ME REMETTIEZ L'HUMAINE SUR-LE-CHAMP!
POUR VOTRE GOUVERNE, NOTEZ QUE JE N'AURAIS AUCUN MAL À VOUS LA REPRENDRE PAR LA FORCE SI VOUS VOUS Y REFUSIEZ!
26.

D'AUTRE PART, JE VEUX SAVOIR OÙ LA "FILLETTE" A FUI ET AVEC QUELLES INTENTIONS !
VOUS POUVEZ TOUS NOUS TUER SI ÇA VOUS CHANTE ! NOUS NE VOUS LIVRERONS PERSONNE ET NE VOUS RÉVÉLERONS RIEN ! NOUS AVONS SUFFISAMMENT COURBÉ L'ÉCHINE COMME CELA !!
PARLE POUR TOI, FINEGAS ! ...
... QUI T'A DIT QUE NOUS AUTRES ON ÉTAIT PRÊTS À DONNER NOTRE VIE POUR CES DÉTESTABLES HUMAINS ! IL Y A EU BIEN TROP DE MALHEUR PAR LEUR FAUTE !!
C'EST VRAI ! MÊME NOTRE REINE BIEN-AIMÉE EST MORTE ! C'EST ASSEZ DE SACRIFICES !
LIVRONS LA FEMME ET INDIQUONS OÙ EST LA FILLETTE ! QU'ON EN FINISSE !
EN TANT QUE MEMBRE DU CONSEIL DE NOTRE CLAN, TU SAIS OÙ LA GAMINE EST PARTIE, FINEGAS !
DIS-LE-NOUS !!
ET VOUS TOUS, QUE VOULEZ-VOUS QUE JE FASSE ?!
TRÈS BIEN ...
27.

MONTRE-TOI, ABJECTE FEMELLE ! JE SAIS QUE TU ES LÀ ! TU N'AS AUCUNE CHANCE DE ME SURPRENDRE !

TELLE N'ÉTAIT PAS MON INTENTION, STAGAR! JE T'ATTENDAIS... SIMPLEMENT!
À TON TOUR MAINTENANT DE PAYER POUR CE QUE TU M'AS FAIT!
CE QUE JE T'AI FAIT, JE LE REFERAI ENCORE LORSQUE JE T'AURAI TUÉE, PETITE SOEUR, QUAND BIEN MÊME SERAS-TU MORTE!
SACHE-LE AVANT DE MOURIR!
TU OUBLIES UN DÉTAIL, "GRAND FRÈRE"! AUJOURD'HUI, ASTOR A REJOINT LE NÉANT ET TURMAC EST ABSENT!
TU NE PEUX COMPTER SUR L'AIDE DE PERSONNE! TU ES SEUL...
...ABSOLUMENT SEUL!...
...ME SOUMETTRE SERA BIEN PLUS DIFFICILE, CETTE FOIS!
29.

TU T'ES QUELQUE PEU AGUERRIE À L'ART DU COMBAT DEPUIS TA DISPARITION !...
KLANG !
...VOILÀ QUI REND CE DUEL BIEN PLUS PALPITANT, MÊME SI L'ISSUE EN RESTE INCHANGÉE !
TU PARLES TROP, SLAGAR ! TES DEUX IGNOBLES FRÈRES NE SONT PLUS LÀ POUR TE PRÊTER MAIN-FORTE !!
!!
FSSSH !!
YEEAAAH
?!
FINE ESQUIVE, JEUNE GUERRIÈRE ! MAIS CONNAIS-TU CE TOUR MAGIQUE ?...
...JE L'AI APPELÉ "BIENVENUE DANS LES TÉNÈBRES" !
30.

OUMPH!
AAAARH!
TU PEUX DISPARAÎTRE À TA GUISE, MEDH MAEB !...
...LA BLESSURE QUE JE T'AI INFLIGÉE EST INGUÉRISSABLE !...
...TU VAS MOURIR !...
...MAIS AVANT CELA, TA SOUFFRANCE SERA LONGUE...
...LONGUE ET INTOLÉRABLE !!

BIEN, MAINTENANT QUE J'AI LA MÈRE, RAMÈNE-MOI LA FILLE !!...
...ESSAYE AUSSI DE SAVOIR CE QUI EST ARRIVÉ À STAGAR, NOTRE LIEN MENTAL A ÉTÉ BRISÉ !!
NOUS APPROCHONS DU BUT...
...PARTAGEONS LA LIQUEUR D'INVISIBILITÉ ! GRÂCE À ELLE, NOUS POURRONS SECRÈTEMENT TRAVERSER LE CAMPEMENT DES FORMOÏRES ET EMBARQUER SUR UN DE LEURS NAVIRES !
ET APRÈS ?!
APRÈS ? LES FORMOÏRES GAGNERONT LE LARGE POUR ALLER COMBATTRE LES TUATHA DE DANANN, COMME ILS LE FONT DEPUIS L'AUBE DES TEMPS !
NOUS POURRONS SÛREMENT PROFITER D'UN ABORDAGE POUR CHANGER DE PONT !
SÛREMENT, OUI !
ET COMBIEN LES EFFETS DE TA LIQUEUR MAGIQUE SONT-ILS CENSÉS DURER ?!
SUFFISAMMENT, J'ESPÈRE, POUR POUVOIR NOUS DISSIMULER TRANQUILLEMENT DANS LA CALE DU BATEAU !
DE TOUTE MA VIE, JE N'AI JAMAIS RIEN ENTENDU D'AUSSI SAUGRENU ! ET POURTANT J'EN AI ENTENDU DES FADAISES !!
TIENS, LUAINE, À TOI L'HONNEUR ! BOIS !
APRÈS TOI, SI TU LE VEUX BIEN ! JE N'AI PAS AIMÉ...
32.

... CETTE HISTOIRE DE LANGUE ET DE PUSTULES... BEURK!!
OH! JE VOIS! EH BIEN, CETTE MENACE N'ÉTAIT QUE LA FUTILE INTIMIDATION D'UNE FÉE PIQUÉE AU VIF, COMME TU VAS T'EN APERCEVOIR!
GLOUP!
?!
EH! CE N'EST PAS LA PEINE DE ME DÉVISAGER AINSI! JE NE VAIS PAS ME TRANSFORMER EN CRAPAUD!...
...JE VAIS JUSTE DEVENIR INVISIBLE! TENEZ...
...REGARDEZ!
ÇA COMMENCE!
À QUI LE TOUR?
D'ACCORD! À MOI!!
GLOUPS!
GLOUPS!
GLOUPS!
EMER! QUE FAIS-TU?! ARRÊTE!!
33.

BEN QUOI?!
IL FALLAIT SEULEMENT EN BOIRE UNE GORGÉE, BOUGRE D'IMBÉCILE!
DONNE-MOI ÇA!!
QUE LA MORRYDWEN T'EMPORTE! IL N'Y EN A PRESQUE PLUS!!
MAIS IL EN RESTE ENCORE UN PEU, NON?
EFFECTIVEMENT, IL EN RESTE... UN MALHEUREUX FOND DONT ON NE SAIT QUEL EFFET IL AURA SUR LUAINE!!
VOUS DISPUTER NE CHANGERA RIEN DU TOUT!
ÉCOUTEZ! JE BOIRAI LA LIQUEUR LE PLUS TARD POSSIBLE! SI JE DEVIENS INVISIBLE, IL FAUDRA SIMPLEMENT NOUS DÉPÊCHER!
ÇA Y EST! JE NE VOUS VOIS PLUS NI L'UN NI L'AUTRE. ALLONS-Y!
EMER, TU AS DE LA CHANCE QUE NOUS AYONS UNE QUÊTE À ACCOMPLIR, SINON... ET PUIS FAIS DONC ATTENTION OÙ TU MARCHES! CELA FAIT TROIS FOIS QUE TU ME RENTRES DEDANS!!
TU N'AVAIS PAS DIT QUELLE QUANTITÉ DE LIQUEUR ON POUVAIT BOIRE, JE NE POUVAIS PAS DEVINER!
QUANT À NOUS COGNER, C'EST TOI QUI AVANCES DE TRAVERS, PAS MOI!!
34.

VOILÀ LE CAMPEMENT. BOIS LA LIQUEUR. NOUS NE POUVONS COURIR LE RISQUE D'ALLER PLUS LOIN TANT QUE TU ES VISIBLE !...
...VAS-Y !
GLOUP !
ALORS ?
POUR L'INSTANT, RIEN...
...SI ! TES MAINS... TU COMMENCES À DISPARAÎTRE !
...
ÉCOUTEZ CET ÉTRANGE SIFFLEMENT !
FEU DU CIEL ! C'EST TURMAC SUR SA BÊTE MORT-VIVANTE !!

N'AIE PAS PEUR, PETITE...
...TU ES COMPLÈTEMENT INVISIBLE À PRÉSENT, ET JE DOUTE QUE TURMAC PUISSE SENTIR NOTRE PRÉSENCE D'UNE TELLE HAUTEUR !
TANT MIEUX, CAR JE N'AI PAS ENVIE DE VOIR SA "BÊTE MORT-VIVANTE" DE PRÈS !!
C'EST BON, LE DANGER EST PASSÉ ! HÂTONS-NOUS !! IL M'A SEMBLÉ QUE LES NAVIRES ÉTAIENT SUR LE POINT D'APPAREILLER !
RASSEMBLEMENT !!
36.

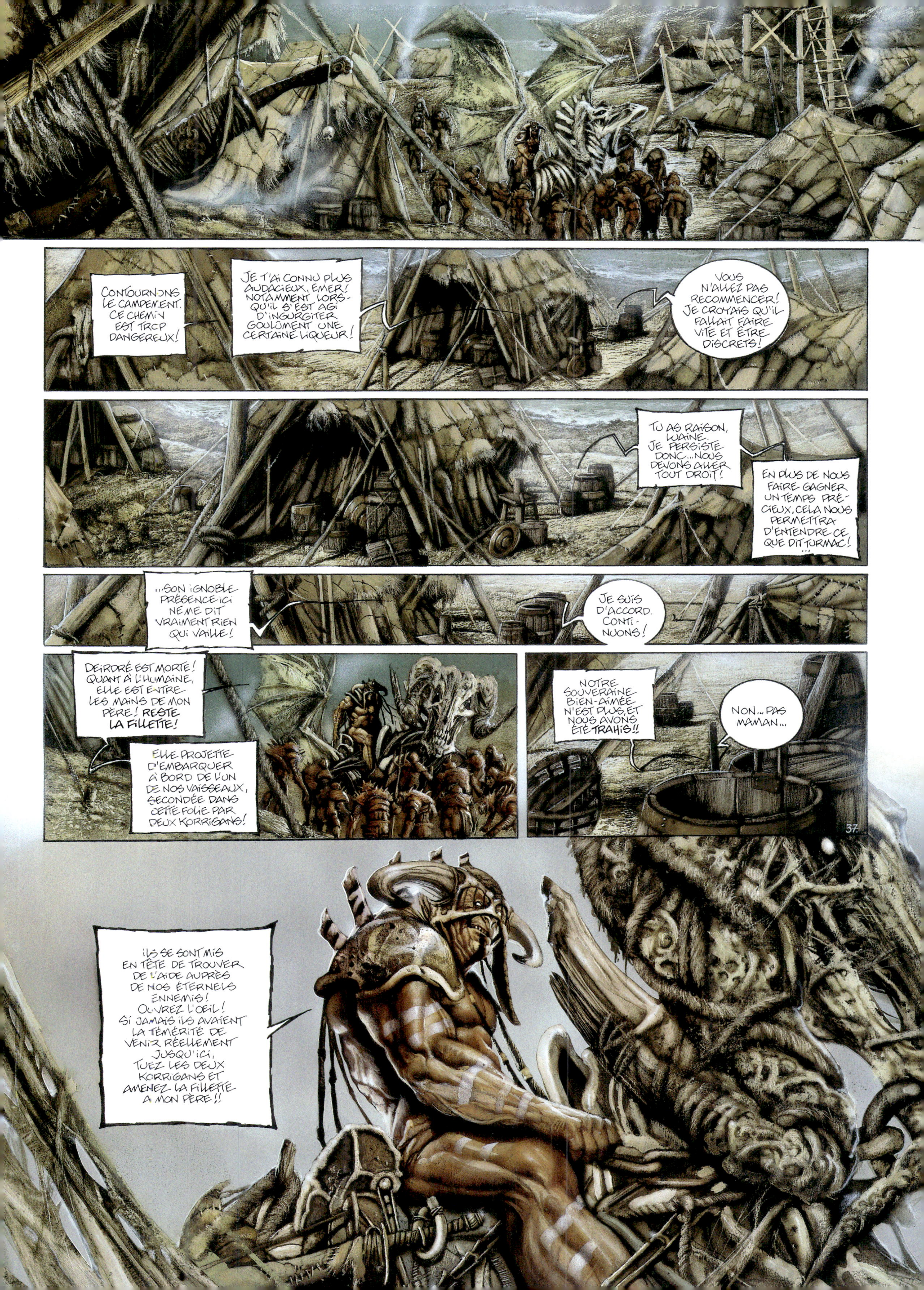

CONTOURNONS LE CAMPEMENT. CE CHEMIN EST TROP DANGEREUX !
JE T'AI CONNU PLUS AUDACIEUX, EMER ! NOTAMMENT LORSQU'IL S'EST AGI D'INGURGITER GOULÛMENT UNE CERTAINE LIQUEUR !
VOUS N'ALLEZ PAS RECOMMENCER ! JE CROYAIS QU'IL FALLAIT FAIRE VITE ET ÊTRE DISCRETS !
TU AS RAISON, LUAINE. JE PERSISTE DONC... NOUS DEVONS ALLER TOUT DROIT !
EN PLUS DE NOUS FAIRE GAGNER UN TEMPS PRÉCIEUX, CELA NOUS PERMETTRA D'ENTENDRE CE QUE DIT TURMAC !
...SON IGNOBLE PRÉSENCE ICI NE ME DIT VRAIMENT RIEN QUI VAILLE !
JE SUIS D'ACCORD. CONTINUONS !
DEIRDRÉ EST MORTE ! QUANT À L'HUMAINE, ELLE EST ENTRE LES MAINS DE MON PÈRE ! RESTE LA FILLETTE !
ELLE PROJETTE D'EMBARQUER À BORD DE L'UN DE NOS VAISSEAUX, SECONDÉE DANS CETTE FOLIE PAR DEUX KORRIGANS !
NOTRE SOUVERAINE BIEN-AIMÉE N'EST PLUS, ET NOUS AVONS ÉTÉ TRAHIS !!
NON... PAS MAMAN...
ILS SE SONT MIS EN TÊTE DE TROUVER DE L'AIDE AUPRÈS DE NOS ÉTERNELS ENNEMIS ! OUVREZ L'OEIL ! SI JAMAIS ILS AVAIENT LA TÉMÉRITÉ DE VENIR RÉELLEMENT JUSQU'ICI, TUEZ LES DEUX KORRIGANS ET AMENEZ LA FILLETTE À MON PÈRE !!
37

NOOONN...
NOUS NE DEVONS PAS BAISSER LES BRAS! AU CONTRAIRE, NOUS AVONS ENCORE PLUS DE RAISONS QU'AVANT DE VOULOIR ALERTER LES TUATHA DE DANANN, AVEC L'ESPOIR QU'ILS METTENT UN TERME À TOUT CELA!
QUE BALOR ET SA SOMBRE ENGEANCE SOIENT MAUDITS! QUE CEUX QUI NOUS ONT DÉNONCÉS LE SOIENT AUSSI!!
POK!
EMER! ATTEN...!!
...TION!!
KLANG!
?!
ALLEZ VOIR CE QUI A PROVOQUÉ CE BRUIT!
VITE!!
38.

AVEC DE LA CHANCE, IL N'Y AURA PERSONNE À BORD. C'EST LE MOMENT OU JAMAIS D'EMBARQUER ...
OBERON
... EMER, LUAINE, VOUS ME SUIVEZ ?!
ON EST LÀ ! J'AIDE LA PETITE...
NOUS N'AVONS RIEN TROUVÉ, SEIGNEUR !
POURTANT, J'AURAIS JURÉ ! QU'À CELA NE TIENNE, SOYEZ VIGILANTS ! LES KORRIGANS N'ONT PAS DE POUVOIR MAGIQUE, MAIS ILS SONT RUSÉS !
QUANT À TOI, CAPITAINE, TU PEUX LEVER L'ANCRE !
TRÈS BIEN, SEIGNEUR, NOUS Y ALLONS !
QU'EST-CE QUE JE DISAIS ! PAS UN... ?!
OOOOHH... MÈRE DE MES AÏEUX ! LUAINE, TU COMMENCES À RÉAPPARAÎTRE !
NON ! PAS DÉJÀ !!
ET VOILÀ LES SINISTRES MARINS FORMOÏRÉS QUI RAPPLIQUENT !!
39

L'ÉCOUTILLE LÀ-BAS! VITE!!
OH! HISSE!!
QU'EST-CE QUE VOUS FAITES? DÉPÊCHEZ-VOUS!
CE PANNEAU... HIINN... EST PLUS LOURD QUE TROIS... HIINNN... TONNEAUX!!
TOUT LE MONDE À SON POSTE! NOUS AVONS PERDU ASSEZ DE ...!!
MMRRRR ?!
LUG ÉTAIT AVEC NOUS! UN BATTEMENT DE COEUR PLUS TARD ET NOUS ÉTIONS FAITS COMME DES RATS!
EN PARLANT DE COEUR, LE MIEN BAT PLUS FORT QU'UN TAMBOUR! S'IL CONTINUE COMME ÇA, LES FORMOÏRES VONT L'ENTENDRE!
40.

HÂTEZ-VOUS DE DESCENDRE AU LIEU DE PARLER SANS ARRÊT! NOUS NE SOMMES PAS ENCORE EN SÉCURITÉ!
REGARDE LÀ-BAS, EOLAS, CETTE PORTE COUVERTE DE GLYPHES MAGIQUES! QUELLE PEUT EN ÊTRE LA RAISON?
MA FOI! JE NE SAIS...
TAISEZ-VOUS!!
VOUS ALLEZ NOUS FAIRE PRENDRE À JACASSER COMME DES PIES! VENEZ... ALLONS VOIR CE QU'IL Y A DERRIÈRE VOTRE PORTE...
...NOUS NE POUVONS PAS RESTER LÀ!
AVEC TOUS CES GLYPHES... ÇA PARAÎT RISQUÉ!
EMER N'A PAS TORT...
EH BIEN, TROUVEZ-VOUS UNE AUTRE CACHETTE!
PENDANT QUE VOUS Y ÊTES, DEMANDEZ DONC AU FORMOÎRÉ QUI VIENT DE PASSER S'IL EN CONNAÎT UNE!
MOI J'ESSAYE CELLE-CI!
41.

VU QUE NOUS SOMMES PLONGÉS DANS LE NOIR MAINTENANT, IL VA ÊTRE DIFFICILE DE SAVOIR SI LA CACHETTE EST BONNE OU PAS!
VOUS NE SENTEZ PAS COMME UNE DRÔLE D'ODEUR? ON SE CROIRAIT DANS LES MARÉCAGES!
CE N'EST PAS UNE ODEUR QUE JE SENS, MOI! C'EST UNE HORRIBLE PRÉSENCE JUSTE DEVANT NOUS!
JE CROIS QUE JE N'AI PAS EU UNE BONNE IDÉE... NOUS FERIONS MIEUX DE SORTIR D'ICI TOUT DE SUITE!!
JE NE TROUVE PAS LA POIGNÉE DE LA PORTE!!
LÀAAA! REGARDEZ !!
QUOI ?!
QUE LE MONSTRE DU LAC M'ENGLOUTISSE! QU'EST-CE QUE C'EEESST?!
JE SAAAÏÏS PAS!!

SEUL LE VENT GONFLE LES VOILES, CAPITAINE !!
JE SAIS ! SHASSURRAH FAIT ENCORE LA SOURDE OREILLE ! ALLEZ-Y !!
C'EN EST FINI DE NOUS !!!
AARRHH !!
NOON !!
PITIÉ ! PLUTÔT MOURIR ÉTRIPÉ PAR DES OGRES AFFAMÉS !!
?!
LUS... MORRIGAN... NUADAAAAA ... FAAAITES QUE QUE CHOSE !!!
43.

EH BIEN, SHASSURRAH, QU'ATTENDS-TU POUR TE METTRE AU TRAVAIL ?!
TU SAIS CE QUI ARRIVE LORSQUE TU PROVOQUES LE COURROUX DE NOTRE CAPITAINE !!
VOILÀ QUI EST MIEUX !!
ENFIN !!
FOOF
FOOF
FOOF
DIFFICILE D'IMAGINER QU'UNE CRÉATURE AUSSI PUISSANTE SOIT AUSSI STUPIDE !
QUE GAGNE-T-ELLE À SE COMPORTER AINSI ?!
PEUT-ÊTRE AIME-T-ELLE QUE NOTRE CAPITAINE LA MALTRAITE ? VA SAVOIR !
HAR HAR HAR ! TU AS SÛREMENT RAISON ! ÇA NE PEUT ÊTRE QUE ÇA !

KEUFF! KEUFF! POUAHH! ÇA COLLE DE PARTOUT! ON DIRAIT DE LA GLU!!
PEUT-ÊTRE... HEUFF! MAIS TU REMARQUERAS QUE NOUS SOMMES ENCORE VIVANTS!...
...VIVANTS... ET VISIBLES!!
PAR MANANNAN MAC LYR, POURQUOI CE MONSTRE NOUS A-T-IL RECRACHÉS?!
S'IL NOUS A ÉPARGNÉS... LUAINE N'A PAS EU CETTE CHANCE! REGARDE!!
LUAINE!! QUE LA MORRYGWEN M'EMPORTE! JE T'AVAIS OUBLIÉE! RESPIRE, MA PETITE, JE T'EN SUPPLIE...
...RESPIRE!!
45.

PLUS AUCUNE PENSÉE NE L'AGITE, VOTRE TÉNÉBROSITÉ !
AVANT DE POUVOIR L'UTILISER, IL VA VOUS FALLOIR LA RAVAUDER, CE QUI NE SERA PAS UN MINCE EXPLOIT, JE LE CRAINS !
ASTUR EST MORT, ARRACHÉ À NOTRE MONDE PAR JE NE SAIS QUEL ENNEMI ! ET JE SUIS SANS NOUVELLES DE STAGAR !!
POURQUOI CELA ARRIVE-T-IL ALORS QUE J'ENTREVOIS D'OUVRIR LES PORTES DE MA GEÔLE ?
POURQUOI ?! ALORS QUE MA CAPTIVITÉ SEMBLE DEVOIR PRENDRE FIN !!...
46.
MOSDI - CIVIELLO 09.2003 -
...UNE DÉLIVRANCE QUE TU VAS M'OFFRIR, N'EST-CE PAS, MYSTÉRIEUSE HUMAINE ?!